LA POÉSIE

DU

GRAND FRÉDÉRIC.

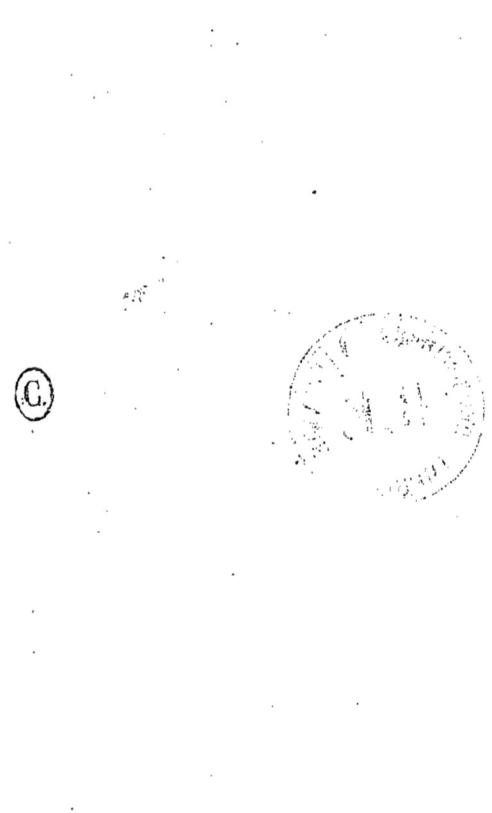

LA POÉSIE

DU

GRAND FRÉDÉRIC

Par le Major L. MERSON

Commissaire du Gouvernement près le Conseil de guerre séant à Bourges,
Membre de l'Académie de Metz, de la Société nationale académique de Nantes,
des Sociétés de sciences et arts d'Agen, Blois, Tours, etc.

> Les hommes de cet ordre appartiennent
> au genre humain tout entier.
> LE COMTE DE GUIBERT : *Eloge du roi de Prusse.*

EXTRAIT DU *MONITEUR DE L'ARMÉE.*

TYPOGRAPHIE DE VEUVE MÉNAGÉ, A BOURGES.

1851.

Cette étude sur le plus important ouvrage en vers de Frédéric-le-Grand a été insérée dans le *Moniteur de l'Armée* à l'occasion de deux articles de M. Sainte-Beuve, membre de l'Académie française, publiés dans la partie littéraire du *Constitutionnel*. Il était nécessaire que l'organe le plus répandu de la presse militaire appelât de l'opinion *improvisée* du célèbre critique au jugement réfléchi et séculaire des hommes du métier, des gens de guerre, sur la haute valeur d'une œuvre didactique écrite de main de maître et qui est certainement un des plus beaux legs que le génie de Frédéric ait fait à la profession des armes.

LA POÉSIE

DU

GRAND FRÉDÉRIC.

Les hommes de cet ordre appartiennent
au genre humain tout entier.
LE COMTE DE GUIBERT : Eloge du roi de Prusse.

I.

Il est peu de militaires instruits qui n'aient lu et souvent admiré, dans un des plus importants et des plus sérieux organes de la presse politique, le *Constitutionnel*, les études biographiques dont M. Sainte-Beuve remplit, une fois par semaine, la partie littéraire de ce journal, et qui font tant d'honneur au talent, à l'esprit, et surtout à l'élégante et prodigieuse fécondité du célèbre critique.

Le public militaire a dû porter plus particulièrement son attention sur les deux articles que M. Sainte-Beuve a consacrés à l'une des quatre grandes personnifications du génie de la guerre qui planent sur les siècles : Frédéric II, roi de Prusse.

Ce n'est pas comme roi, comme capitaine, comme législateur, comme politique que M. Sainte-Beuve a jugé le grand Frédéric. Malgré toute l'étendue de son instruction et de ses idées, il n'aurait pu suffire à une pareille tâche, qui, d'ailleurs, a été admirablement remplie dans notre pays par un homme que le roi de Prusse avait accueilli, dans son palais de Berlin et dans son camp de manœuvres de Silésie, avec une grande distinction ; par un puissant esprit de notre profession, par le comte de Guibert.

C'est le prince historien et littérateur que M. Sainte-Beuve a traduit au tribunal de son ingénieuse et spirituelle critique. Comme prosateur, l'auguste correspondant de Voltaire et de d'Alembert, le roi philosophe qui a légué à la Prusse les *Mémoires sur la maison de Brandebourg* et l'*Histoire de mon temps*, le grand capitaine qui a écrit l'*Histoire de la guerre de Sept ans*, comme César avait raconté ses campagnes, comme Napoléon devait expliquer les siennes, a trouvé dans M. Sainte-Beuve un juge favorablement disposé, un admirateur. C'est une sanction de plus donnée, par de justes éloges supérieurement exprimés, à l'opinion publique, depuis si longtemps formée sur la haute valeur des ouvrages en prose de Frédéric, publiés en France, que tous les militaires lettrés ont lus et médités.

Mais, comme s'il eût fallu donner à ces éloges le contrepoids d'une forte dose de critique, on a fait payer cher au poète le mérite et la gloire du prosateur. Sous ce rapport, le grand Frédéric a été traité par M. Sainte-Beuve avec un suprême dédain. La rigueur a été d'autant plus grande que l'illustre biographe, dont le style brille surtout par la *poésie de la prose*, est probablement un de ces esprits enthousiastes de la langue de Fénélon et de J.-J. Rousseau, qui, comme je ne sais quel écrivain du dernier siècle, s'écrieraient volontiers, à la lecture d'une élégie d'André Chénier ou d'une ode de Lamartine : *Cela est beau comme de la prose!*

Certes, la gloire de Frédéric n'a pas besoin qu'on loue des poésies légères dont ce grand prince se faisait un délassement, auxquelles il n'attachait lui-même aucune importance, et qu'il traita plus d'une fois, dans sa correspondance, en sévère censeur ; elle n'a même pas besoin qu'on lui tienne compte de certaines parties de ces petites pièces où, à travers quelques fautes, qu'il eût été par trop prodigieux qu'un poète qui n'écrivait pas dans sa langue ne commît pas, brillent de beaux vers, de vives saillies d'esprit et de raison, de grandes et philosophiques pensées; où respirent quelquefois les plus douces et les plus affectueuses sollicitudes de l'homme privé, comme dans les épîtres de Frédéric, prince royal ou roi, à la reine-mère, à sa bien-aimée sœur de Bayreuth, à sa sœur Amélie, à la reine de Suède, cette belle princesse Ulrique à laquelle Voltaire un jour adressa une déclaration d'amour qui est restée comme un modèle de grâce et d'impertinence, et que tout le monde sait par cœur; à ses deux neveux les princes Frédéric et Guillaume (1).

Mais est-il bien digne d'une critique éclairée, qui prétend au mérite de l'impartialité, de méconnaître ou d'oublier un des titres les plus sérieux et les plus considérables de Frédéric à la gloire littéraire, et de se croire quitte envers l'auteur de l'*Art de la guerre* pour avoir dit, avant de passer à ses ouvrages en prose : *Sur le chapitre des vers, finissons-en avec Frédéric?*

Ce poème, qui a été traduit dans toute les langues, que toutes les armées de l'Europe ont placé parmi leurs livres classiques, et qu'on peut regarder comme un des ouvrages de Frédéric qui ont le plus contribué à populariser sa renommée littéraire en France, mérite-t-il donc ce dédain des gens de lettres de profession? et l'admiration des gens de guerre pour les leçons que le grand Frédéric leur a données dans la plus belle forme de langage qu'il soit donné aux hommes de parler, ne serait-elle qu'un égarement de leur goût et de leur raison?

C'est ce qu'il s'agit d'examiner.

---

(1) Jamais aucun écrivain ne montra dans ses ouvrages plus de dévouement au culte de la famille et de l'amitié que le grand Frédéric. On trouve, pour ainsi dire, à chaque page dans ses œuvres, d'affectueux souvenirs donnés aux princes de sa maison, à ses sœurs, qu'il chérissait, à ses illustres correspondants de France, à des savants de son pays, à ses généraux.

II.

L'*Art de la guerre* est, tout le monde le sait, un poème didactique au suprême degré. Ce genre de poésie a été fort décrié par l'école romantique, qui tient encore aujourd'hui, quoiqu'elle soit entrée dans sa période de décadence, le haut du *pavé littéraire*. Il n'en restera pas moins éternellement vrai que le chef-d'œuvre de la poésie antique, les divines *Géorgiques*, sont un traité sur l'agriculture ; que le poème le plus parfait d'Horace (1) appartient au genre didactique, et que Boileau doit à son *Art poétique*, le plus didactique des ouvrages en vers de notre langue, son titre de législateur du *Parnasse français*.

Et pourquoi n'ajouterais-je pas, malgré les injustes dénigrements de l'école moderne, que le plus grand poète, que l'écrivain le plus populaire de l'époque impériale, l'abbé Delille, dut son immense réputation à des poèmes didactiques ? La mode, en littérature comme en toutes choses, peut faire varier les goûts d'une nation, peut leur faire abandonner une forme à laquelle ils retourneront plus tard ; mais elle n'empêche pas les œuvres de l'art de conserver les beautés qui leur sont propres ; le temps reviendra peut-être où l'on se passionnera, comme nos pères, pour la poésie des *Géorgiques*, et où la poésie des Ballades et des Méditations sera abandonnée. Nous sommes bien revenus à Ronsard, pourquoi ne reviendrions-nous pas à Boileau ?

L'art de la guerre est un sujet qui relevait directement de la poésie

---

(1) L'*Épître aux Pisons* ou l'*Art poétique*.

didactique, et qui se prêtait merveilleusement aux développements de son genre de beautés ; mais un pareil sujet ne pouvait être traité avec supériorité que par un poète initié à la science de la guerre. Frédéric était suprêmement fait pour s'en emparer. Aussi, son poème, comme œuvre didactique, comme révélation des grands principes et des secrets de l'art qu'il s'est proposé d'enseigner, est-il, à proprement parler, un chef-d'œuvre. C'est la magnifique exposition des règles que le grand capitaine a appliquées sur les champs de bataille. Nous aurons occasion de le démontrer.

Le style de l'*Art de la guerre* n'est pas exempt de défauts. Il y a dans ce poème des vers faibles et prosaïques ; il y en a de durs aux oreilles trop habituées aux douces mélodies de la poésie d'*Esther* ou de la prose d'*Atala*. On peut y blâmer un emploi trop fréquent des figures mythologiques ; enfin, on y remarque quelques fautes de langue, quelques expressions qui ne sont pas d'un goût pur et sévère.

Mais n'est-il pas souverainement injuste, indignement puéril de reprocher à un *poète français*, né et élevé en Allemagne, c'est-à-dire dans un pays dont la langue a des formes, des règles et une prosodie si opposées au génie de la nôtre, des incorrections qu'on trouve en très grand nombre dans le premier de nos poètes dramatiques, Corneille, et qu'on rencontre quelquefois dans nos meilleurs écrivains d'une époque plus rapprochée de Frédéric, dans La Fontaine, dans le sévère Boileau lui-même ?

Quant à l'apparition trop fréquente des personnifications mythologiques dans le poème de Frédéric, comment ne voit-on pas qu'à l'époque où il écrivait, les dieux d'Homère étaient encore dans toute la plénitude de leur puissance ? On n'avait pas encore renoncé à ces conseils du maître :

> La fable offre à l'esprit mille agréments divers.
> . . . .
> Là pour nous enchanter tout est mis en usage ;
> Tout prend un corps, une âme, un esprit, un visage.

C'est un grand défaut de notre génération, qui nous a été justement reproché par Napoléon , de faire comparaître toutes les époques au tribunal de nos idées.

Ce qu'il faut chercher dans le poème de Frédéric et ce qu'on y trouve profusément, ce sont les grandes et fortes pensées, les idées justes, les règles de l'art de la guerre écrites de main de maître, une morale toujours digne d'un grand prince, des leçons toujours dignes d'un grand capitaine, de judicieuses définitions des principes et des choses, de beaux vers, plus nombreux que les vers faibles, et qui sont dans la mémoire de tous les militaires lettrés. En un mot, on peut appliquer à l'auteur de l'*Art de la guerre* ce qu'on a dit de l'auteur de l'*Art poétique :* il est, surtout, dans cet ouvrage, le *poète de la raison.*

III.

L'ordonnance du poème , composé de six chants, est très méthodique et participe de la grandeur du sujet.

Le premier chant, après une exposition du plan général de l'ouvrage , traite de la science des détails, de la tactique, de l'ordre, de la discipline. C'est à Sparte qu'il place la première école de la discipline dans les armées. Il parle, comme Montesquieu, de la puissance de la discipline chez les Romains , et fixe l'époque de sa renaissance, dans les temps modernes, au règne de Charles-Quint.

La castramétation, le choix du terrain, la stratégie, l'art des marches, sont les grands objets de l'enseignement du second chant.

Le troisième chant est une magnifique prosopopée. Dans un temple que le poète élève au dieu Mars et à la Gloire, il fait apparaître, en les personnifiant, toutes les grandes qualités, toutes les grandes vertus de l'homme de guerre, dont les plus beaux emblèmes sont les statues d'Alexandre, de Scipion, de César, de Gustave-Adolphe, de Condé, de Turenne, du prince Eugène, du Grand-Electeur.

Nous pouvons aujourd'hui compléter ce panthéon de la gloire militaire, en plaçant, dans sa plus haute région, les deux grandes figures de Frédéric et de Napoléon.

Le quatrième chant a pour sujet la guerre de sièges, l'attaque et la défense des places, l'art des fortifications, l'emploi et la manœuvre du canon. Vauban est, dans ce chant, la grande personnification de la science de l'ingénieur.

Les quartiers d'hiver, l'instruction pendant les temps de repos, le recrutement, les approvisionnements, la conservation des armées, le choix et la science des postes, la sûreté et la défense des quartiers et des positions retranchées, remplissent le cinquième chant.

Le sixième chant nous montre le dernier terme de la guerre, le but de ses conceptions stratégiques, le dénouement du drame terrible qui décide des suprêmes intérêts et quelquefois du sort des États : la bataille. C'est là que le poète s'est vraiment inspiré de la science du grand capitaine. Ce n'est pas l'idéal de la bataille comme dans un chant du Tasse ou dans un tableau de Lebrun ; c'est la réalité des dispositions et des manœuvres du combat sur l'échiquier d'un habile général.

La glorification d'une des plus belles applications de la philosophie de la guerre, *la modération après la victoire*, termine dignement l'œuvre du grand Frédéric.

IV.

Entrons maintenant dans les détails des inspirations du Maître.

Après avoir exposé le sujet de ses leçons, l'auguste poète en indique le but et l'intention :

> Vous qui tiendrez un jour, par le droit de naissance,
> Le sceptre de nos rois, leur glaive, leur balance ;

> Vous, le sang des héros, vous, l'espoir de l'État,
> Jeune prince, écoutez les leçons d'un soldat.

C'est, en effet, pour l'instruction du neveu de Frédéric, de l'héritier présomptif de la couronne, que l'*Art de la guerre* a été composé (1).

Les instructions que Louis XIV a écrites de sa main pour son petit-fils, Philippe V, appelé à la succession d'Espagne, sont un mémorable monument des grandes vues de ce prince dans l'art de gouverner. Les instructions de Frédéric à son neveu, pour être écrites en vers, n'ont pas moins de grandeur et de sagesse que les paroles du roi de France.

Frédéric-le-Grand sait qu'une puissance née de la guerre, et dont les institutions n'ont pas encore poussé de profondes racines, a besoin de se soutenir par la prépondérance des armes; il sait que la situation géographique de la Prusse veut que ce pays, entouré de puissantes rivalités,

---

(1) Frédéric-Guillaume II, neveu et successeur immédiat du grand Frédéric, eut la difficile tâche d'être le chef de la première coalition contre les armées de la République. Il mourut en 1797. Il fut l'ennemi le plus déclaré de la révolution française; mais il prouva, en plus d'une circonstance, qu'il estimait le courage des soldats qui, selon l'expression d'un grand écrivain de notre nation, couvrirent du manteau de la gloire les excès et les crimes de cette époque. L'histoire a conservé le souvenir de ce grenadier de l'armée du Rhin qui, près de succomber dans une lutte inégale, lors de la prise de Francfort par les Prussiens, fut sauvé, protégé et loué pour sa valeur par le roi Frédéric-Guillaume, qui passait là par hasard : « Vous êtes un brave, lui avait dit le roi; c'est dommage que vous vous battiez pour une si mauvaise cause. — Citoyen Guillaume, répondit le grenadier, nous ne serions pas d'accord sur ce chapitre : parlons d'autre chose. » Les relations du temps assurent que le mot avait fait fortune dans l'armée prussienne et que Frédéric-Guillaume, prince guerrier et aimé de ses troupes, riait beaucoup, comme aurait certainement fait le grand Frédéric lui-même, lorsqu'en passant devant le front d'un régiment, il s'entendait appeler par les soldats *citoyen Guillaume*.

faiblement défendu par ses frontières naturelles ou artificielles, soit sauvegardé par une forte constitution militaire. Il doit donc faire de la science de la guerre la plus essentielle condition, la principale base de l'éducation de son successeur. Mais il ne lui conseille que des guerres justes et nécessaires.

Je ne crois pas que la prose pourrait mieux dire que ces beaux vers :

> Je ne vous offre point Attila pour modèle ;
> Je veux un héros juste, un Tite, un Marc-Aurèle,
> Un Trajan, des humains et l'exemple et l'honneur,
> Que la vertu couronne, ainsi que la valeur.
> Tombent tous les lauriers du front de la Victoire
> Plutôt que l'injustice en ternisse la gloire.

N'en déplaise à M. Sainte-Beuve, c'est là de la poésie, et de la plus haute. Si ce n'est de la poésie d'académicien, c'est du moins un noble langage de roi et de capitaine, un langage digne de Frédéric.

Nous l'avons dit, c'est surtout par sa partie didactique que le poème de Frédéric est devenu un livre classique dans les armées. C'est un admirable résumé des grandes théories de ce puissant génie. Presque tout le premier chant est une suite d'aphorismes sur la constitution de l'état militaire.

Frédéric veut que l'avancement soit le prix du mérite, et qu'on passe par tous les emplois :

> Commencez sans rougir par les derniers emplois.

Ce n'est pas ainsi que l'on entend les règles de l'avancement à la cour de Versailles ; aussi viendra-t-il un jour où, malgré la valeur française, l'auteur de l'*Art de la guerre* aura bon marché des généraux et des colonels improvisés par l'*Œil de Bœuf*.

Il ne se borne pas à vouloir en théorie l'avancement du mérite et des bons services ; il va chercher dans les rangs subalternes de l'armée un Seydlitz, qui devient un de ses plus habiles généraux et le premier officier de cavalerie de l'Europe.

Frédéric recommande à son royal élève de s'instruire de la science des détails, qui fut toujours une qualité distinctive des grands capitaines. Il compare une armée à la *machine de Marly*, dont l'étonnant mécanisme, avec ses mille ressorts, se désorganise à l'instant et cesse de fonctionner quand le moindre rouage vient à lui manquer :

> Aimez donc ces détails, ils ne sont pas sans gloire.
> C'est là le premier pas qui mène à la victoire.
> Dans des honneurs obscurs vous ne vieillirez pas ;
> Soldat, vous apprendrez à régir des soldats.

Frédéric n'avait point à sa disposition le puissant levier de la conscription. C'est par des enrôlements parmi les nationaux et les étrangers que se recrutait son armée. Aussi voulaït-il suppléer la quantité par la qualité ; il ne recevait que des soldats vigoureux, capables de supporter les fatigues de la guerre et le poids de la cuirasse ; sa théorie de recrutement est tout à fait selon les principes de Végèce :

> Choisissez avec soin les hommes forts, robustes ;
> Mars veut que sans quitter leurs rangs et leurs drapeaux,
> Ils portent en marchant les plus pesants fardeaux.
> . . . .
> Accoutumez vos reins au poids de la cuirasse.

Les éléments dont se composait l'armée de Frédéric étaient loin d'avoir une parfaite homogénéité ; mais une admirable discipline contenait ces hommes, accourus de tous les points de l'Allemagne sous les drapeaux du grand capitaine, et parmi lesquels on comptait un grand nombre de déserteurs des autres armées.

« De tous les titres du roi de Prusse à la gloire, dit le comte de Guibert, ce n'est sûrement pas ce qu'il faut admirer le moins que cette armée elle-même, étonnante machine, où tout paraissait de pièces de rapport et prêt à se décomposer, mais que la discipline et le génie lui ont fait tenir dans la main et diriger avec succès, comme si elle eût été composée des matériaux les plus parfaits et les plus homogènes. »

Rien n'est plus précis ni plus *classique*, même aujourd'hui que la science de la guerre a fait tant de progrès , que les principes de tactique enseignés par le poème de Frédéric. L'ordre sur trois rangs (1), la rectitude des alignements et des distances, les ploiements et déploiements, la précision géométrique et la rapidité des conversions , l'impétuosité des charges , l'emploi judicieux du feu et de l'arme blanche, tout s'y trouve exprimé avec la clarté et l'énergique concision qui sont une des propriétés de la langue poétique ; et tout cela est d'autant plus beau que Frédéric se sert de cette langue pour définir ce qu'il a créé.

« Le principe du roi de Prusse, bien opposé à ce qui se pratiquait alors, puisque la cavalerie allemande ne savait charger qu'au pas et en faisant feu , ou au trot, et la cavalerie française en fourrageurs, c'est-à-dire avec le comble du désordre, consistait à établir que la cavalerie ne doit jamais tirer, et que sa force est dans la vélocité de ses mouvements et dans *la plus grande impétuosité possible* de sa charge , combinée avec cet ensemble qui renverse l'ennemi et qui laisse au vainqueur assez d'ordre pour profiter de son succès (2). »

Ce principe, qui est devenu celui de l'école française, et qui proclame l'excellence de l'arme blanche, l'inutilité du feu dans les charges , et l'indispensabilité de l'allure la plus vive, la plus impétueuse , combinée avec la précision des mouvements, se trouve renfermé dans ce peu de vers du poème de Frédéric :

> Exercez votre bras à manier l'épée.
> Cette arme redoutable et prompte en ses effets,

---

(1) On en était encore à se disputer en Europe sur les prétentions rivales de l'*ordre profond* et de l'*ordre mince*, lorsque Frédéric, en adoptant comme *minimum* de l'ordre en bataille la formation sur trois rangs, découvrit l'art de passer subitement , par des ploiements et des déploiements , de cet ordre dans l'ordre en colonne et *vice versa*.

(2) Guibert, *Éloge du roi de Prusse.*

Epouvante et détruit les ennemis défaits.
. . . . Mars veut dans la bataille
Que le fer meurtrier porte des coups de taille. ·
N'employez point le feu, combattant à cheval :
Son vain bruit se dissipe et ne fait point de mal.

Faites-vous enseigner, ajoute le poète, en parlant de la cavalerie,

Comme en ses mouvements ce corps devient docile ;
Comment en un clin-d'œil, par ses conversions,
Il prend, quitte, reprend d'autres positions ;
Se transporte soudain, se forme avec vitesse ;
Dans les terrains divers manœuvre avec souplesse ;
A l'ordre de ses chefs attentif et soumis,
Sur les ailes des vents fond sur ses ennemis,
Et de son choc serré les pousse et les renverse,
Les poursuit dans les champs, les force et les disperse.

V.

Dans un poème inspiré par le génie de Frédéric, la discipline, sans laquelle il n'y a pas d'armée possible, devait trouver une grande place ; aussi en trace-t-il l'histoire ; il la montre créant et organisant la phalange grecque ; elle devint le fondement de la grandeur romaine, qui périt avec elle.

Cet art, qui se perdit après un long déclin,
Sortit de son tombeau sous le grand Charles-Quint.

L'armée de Maurice de Nassau continua l'œuvre de Charles-Quint.

C'est à l'école de Maurice de Nassau que s'était formé Turenne, et qu'il était venu puiser ses principes d'ordre et de discipline;

> Louis, ce sage roi, seconda ses travaux.
> Le militaire alors eut ses lois et sa règle.

C'est là un juste hommage rendu par le héros de la Prusse, par la plus grande renommée d'un État voisin, au génie de Louis XIV, dont les institutions ont créé notre puissance militaire.

Telle était la force de la discipline dans l'armée du grand Frédéric, que cette armée, surprise un jour et mise dans la position la plus critique par le célèbre général autrichien Daun, à Hochkirch, ayant perdu une grande partie de ses bagages et de son artillerie et un des meilleurs lieutenants du roi, le maréchal Keith, tué, put se reformer, après la bataille, dans le plus grand ordre, à une demi-lieue des Autrichiens et leur présenter de nouveau le combat qu'ils n'osèrent accepter. C'est autant à la discipline de son armée qu'à son génie que Frédéric dut le succès de sa grande bataille de Torgau, qni avait été un moment perdue. Il y avait dix ans que Frédéric s'était représenté dans son poème tel qu'il devait être un jour à Hochkirch et à Torgau :

> Au sein de la mêlée, au milieu du carnage,
> On verra des héros le tranquille courage
> Réparer le désordre et, prompt dans ses desseins,
> Disposer, ordonner, enchaîner les destins.

VI.

Quelques écrivains ont avancé que la stratégie est une science nouvelle. Le général Bardin, dans son dictionnaire, se moque beaucoup et avec raison de la prétendue *modernité* de cette science , aussi ancienne que l'histoire des guerres méthodiques basées sur l'étude des terrains et sur la science des marches. Turenne , dans ses belles campagnes , Bonaparte, en Italie , faisaient , dit-il , de la stratégie sans le savoir, et de la plus savante. La langue s'est enrichie d'un mot nouveau , voilà tout ; mot qui a changé, ou plutôt qui a restreint l'acception du mot *tactique*.

Un général qui , dans une campagne de neuf mois (celle de 1757) , en Saxe, en Lusace et en Silésie, changea cent deux fois de camp et de terrain, livra en personne quatre grandes batailles, et opéra des prodiges par l'habileté de ses marches et de ses manœuvres sur un vaste périmètre, devait être passé maître en fait de stratégie.

Dans le quatrième chant de l'*Art de la guerre*, qui a pour objet la castramétation, la connaissance des emplacements et des terrains , et la science des marches, on trouve de hautes leçons de stratégie, quoique le mot n'y soit pas employé. Ces leçons se terminent par ces deux vers, si souvent cités :

> Si vous voulez passer sous un arc triomphal ,
> Campez en Fabius , marchez comme Annibal.

Peut-être ne serait-il pas difficile de démontrer que les grands principes des stratégistes modernes se trouvent, sinon développés , du moins posés dans la poésie de l'*Art de la guerre*.

« Dans chaque État, dit le prince Charles, il y a des points stratégiques qui peuvent décider de son sort et dont l'occupation rend maître de la contrée et de ses ressources. La plupart de ces points sont situés dans l'intérieur, à la réunion des principales communications, ou bien au passage des fleuves ou aux nœuds des chaînes de montagnes qui traversent le pays. » *(Principes de la stratégie.)*

« Dans les pays de plaine remplis de communications, l'occupation d'un point est moins important puisqu'il est alors possible de passer de droite à gauche, c'est-à-dire d'opérer avec la plus grande liberté. » *(Jomini.)*

« Des communications libres sont nécessaires à l'entretien d'une armée, dit à son tour le duc de Raguse ; une fois perdues, l'état moral est compromis. » *(Esprit des institutions militaires.)*

Napoléon a dit dans ses *Mémoires* que le meilleur terrain d'opérations est celui qui offre de bons appuis aux ailes de l'armée agissante. Ces appuis sont des pays neutres ou de grands obstacles naturels, comme des fleuves, des rivières, des montagnes, etc.

Eh bien ! est-ce que les vers qu'on va lire n'enseignent pas les mêmes principes, ne recommandent pas les mêmes dispositions, les mêmes précautions stratégiques ?

> Formez-vous le coup d'œil sur des signes certains.
> Faites un bon emploi des différents terrains.
> Ici vous rencontrez des hauteurs escarpées,
> Là des vallons, des champs ou des terres coupées ;
> Dans des occasions ou des temps différents
> *Ils vous serviront tous à soutenir vos camps.*
>
> . . . .
>
> Si vous voulez tenter la fortune incertaine,
> Avide des combats, campez-vous dans la plaine :
> *Rien n'y peut empêcher vos divers mouvements.*
>
> . . . .
>
> N'éloignez pas les camps des bois et des rivières ;
> Couvrez de leur abri les villes nourricières.
>
> . . . .
>
> Si votre expérience est déjà consommée,
> *Vous saurez appuyer les flancs de votre armée ;*
> *Un bois, une rivière, un village, un marais,*
> Par leurs difficultés en défendent l'accès.
>
> . . . .
>
> Ce n'est pas encor tout : qu'une route inconnue
> Pour sortir de ce poste *ouvre une libre issue ;*
> *Alors maître absolu de tous vos mouvements*
> *Vous enchaînez le sort et les événements.*

Si l'on compare ces enseignements du poème de l'*Art de la guerre* à ceux qui sont renfermés dans la prose de Jomini ou du prince Charles, on verra qu'ici l'avantage de la clarté et de la précision reste à la poésie didactique.

VII.

On comprendra très-bien qu'il ne s'agit pas ici d'analyser toutes les parties d'une œuvre qui est dans les mains de tous les militaires lettrés. Ce qu'il importe de constater, c'est que le jugement des gens de guerre sur le mérite de ce poème ne s'est pas égaré ; c'est qu'aucun des ouvrages de Frédéric ne porte d'une manière plus large et plus vraie l'empreinte de son génie, ne résume mieux ses principes et ses découvertes dans un art qui a fait sa gloire et sa grandeur.

Comme tous les grands capitaines, Frédéric pensait que le secret des opérations est une vertu essentielle dans les hommes chargés de la conduite de la guerre. Ce fut surtout par le secret des opérations qu'il s'assura la conquête de la Silésie. Il était très rare que des étrangers fussent admis dans ses camps de manœuvres, et ce fut par une exception accordée à son talent et à sa réputation, que le comte de Guibert obtint cette faveur. L'auguste poète n'a pas manqué de placer le *secret* parmi les vertus qu'il personnifie dans sa prosopopée du troisième chant :

> Plus loin , les yeux baissés et le maintien discret,
> On voit l'impénétrable et fidèle Secret ;
> Son doigt mystérieux repose sur sa bouche.

La force d'ame dans la mauvaise fortune était la suprême vertu de Frédéric. Ce fut après la funeste bataille de Kollin, quand tout paraissait désespéré et perdu, qu'il écrivit à Voltaire, sur l'affût d'une de ses pièces démontées, l'admirable épître qui se termine par ces vers :

> Pour moi , menacé du naufrage,
> Je dois, en affrontant l'orage ,
> Penser, vivre et mourir en roi.

Voici comment il parle de cette vertu des héros dans son *Art de la guerre* :

> Opposez aux revers un front toujours serein.
> Des guerriers abattus ranimez le courage;
> Montrez-vous ferme et grand tant que dure l'orage.
> Comme une sombre nuit, par son obscurité,
> Des feux du firmament relève la clarté,
> De même vos malheurs, autant que la victoire,
> Par votre fermeté vous couvriront de gloire.
> Ne désespérez point, sûr des secours de l'art.

Et, en effet, c'est parce que le grand Frédéric n'avait pas désespéré de la fortune, de son génie et des *secours de l'art*, qu'il passa d'une extrême détresse, après la bataille de Kollin, au comble de la prospérité et de la gloire, après la bataille de Leuthen (Lissa), gagnée par l'habileté de ses manœuvres et qui fut le triomphe de l'art. Le roi n'avait que 30,000 hommes à opposer à 80,000 Autrichiens, qu'il battit complètement (1). Cette célèbre campagne de Frédéric (1757) ne peut être comparée qu'à celles de Napoléon, en Italie. Elle fut entreprise au cœur de l'hiver.

Cependant, Frédéric avait consacré un chant de l'*Art de la guerre* aux *quartiers d'hiver*, habitude de trève et de bien-être que les armées

---

(1) Le savant M. de Bausler, dans son *Atlas des Batailles*, *Combats et Sièges mémorables*, porte la force de l'armée autrichienne, à la journée de Lissa, à 80,000 hommes, et celle des Prussiens à 30,000. Frédéric, dans son *Histoire de la Guerre de sept ans*, dit que son armée était de 33,000 hommes et que les Autrichiens pouvaient être forts de 60,000 combattants. Mais on sait que Frédéric, dans ses relations, diminuait plutôt qu'il ne l'augmentait le nombre de ses ennemis. Ce qu'il y a de certain, c'est que les Autrichiens perdirent à Lissa et à Breslau 41,447 hommes, tués, blessés ou prisonniers, ce qui doit faire supposer qu'ils avaient mis en ligne plus de 60,000 combattants.

modernes n'avaient pas encore abandonnée, et dont la tradition était respectée jusque dans les récits épiques des poètes. Le Tasse avait mis en Palestine, sous le 32e degré de latitude, l'armée des Croisés en quartiers d'hiver :

> *E'l fine omai di quel piovoso inverno*
> *Che feo l'arme cessar, lunge non era.*

« Cette saison rigoureuse, qui suspend les hostilités et qui enchaîne « le courage des guerriers, touchait à sa fin. »

Mais on voit que déjà, dans son poème, Frédéric avait cessé de considérer le repos des quartiers d'hiver comme une règle, et qu'il regardait cette saison comme favorable aux combinaisons de ce grand art de battre l'ennemi en détail, qui fut un des traits distinctifs de son génie guerrier :

> L'hiver *peut procurer de rapides succès ;*
> La saison du repos peut hâter vos progrès ;
> Qu'assemblés par l'audace et par la vigilance,
> *Vers des corps séparés* un corps nombreux s'élance.
> Nos fastes vous diront qu'en tous lieux, *en tout temps,*
> Le destin seconda les chefs entreprenants.

Et, en effet, Frédéric était arrivé à faire la guerre en *tout temps* et à ne plus régler ses opérations sur l'ordre des saisons. Sa plus belle campagne fut une campagne d'hiver. Avant lui, quelques rares exceptions à l'usage des quartiers d'hiver pouvaient être citées ; mais c'est à lui qu'on doit l'abolition de cette sorte de trève, qui avait le double inconvénient de prolonger inutilement la guerre et d'énerver la discipline. C'est depuis Frédéric que les opérations de la guerre ont marché par tous les temps et par toutes les saisons. « Les armées s'y sont habituées, dit M. de Guibert ; elles s'équipent et se pourvoient en conséquence (1). »

---

(1) *Éloge du roi de Prusse.*

Cependant, l'épisode des *quartiers d'hiver* a fourni à l'auguste écrivain de poétiques et saisissants contrastes entre les douceurs du foyer domestique pendant la saison des frimats et des tempêtes, et les terribles agitations du champ de bataille quand tout rit dans la nature de sérénité et d'amour. L'âme du roi philosophe s'émeut à ces contrastes. Elle plaint le laboureur surpris par le fléau de la guerre au milieu des douces espérances du printemps :

> Ses champs abandonnés,
> Par des bras étrangers vont être moissonnés.

On aime à retrouver, sous la plume d'un prince guerrier, cette touchante plainte d'un des bergers de Virgile :

> *Impius hæc tàm culta novalia miles habebit!*
> *Barbarus has segetes!*

Dans sa célèbre campagne de 1757, en Silésie, Frédéric eut, sur ses ennemis, cet avantage de connaître parfaitement le terrain, par les manœuvres qu'il y avait fait faire en temps de paix. A la bataille de Lissa, il commença par attaquer et par écraser l'aile gauche des Autrichiens, qu'il savait être plus faible que l'aile droite, et mal appuyée par les accidents de terrain. Eh bien! six ans auparavant, dans son poème, il avait prévu ce qui est arrivé dans cette mémorable journée, qui sauva la monarchie prussienne; ou plutôt, ses opérations en Silésie ne furent que l'application des principes enseignés par la poésie de l'*Art de la guerre*. En voici un exemple :

> Le chef s'avance seul; il doit tout reconnaître;
> Il peut vaincre en un jour par un coup d'œil de maître,
> *S'il fait des lieux, des temps un choix prémédité,*
> S'il prend son ennemi *par son faible côté.*

VIII.

Tout le monde sait que Frédéric eut pour ses soldats des soins paternels et qu'il en fut payé par le plus rare dévouement. Tous les grands capitaines, Henri IV, Gustave-Adolphe, Turenne, Catinat, Vendôme, Frédéric, Napoléon, ont aimé les soldats et en ont été aimés. Les Béarnais qui avaient suivi la fortune de notre grand roi Henri IV, l'appelaient *Henriot*. Le surnom de *Petit-Caporal* fut donné à Napoléon par les grenadiers de l'armée d'Italie. Le roi de Prusse aimait, dit-on, à entendre ses soldats l'appeler *Fritz*, diminutif de Frédéric. Il a donné dans son poème le secret de cette popularité :

> Dans vos moindres soldats croyez voir vos enfants.
> Leurs jours sont à l'État, leur bonheur est le nôtre.
> Avare de leur sang, sacrifiez le vôtre ;
> Tant que Mars le permet, il les faut ménager.

Mais sa maxime était que le moment décisif venu, il faut jouer gros jeu avec son adversaire. Il faut, disait-il, ne pas épargner le sang des soldats quand il s'agit de *fixer le destin de la guerre :*

> Alors, sans balancer, sans chercher de détours,
> Disposez, attaquez et prodiguez leurs jours.

Et Frédéric donnera lui-même l'exemple de l'intrépidité et du dévouement dans les périls extrêmes :

> S'il pense en général, il s'expose en soldat.

C'est ainsi qu'on le verra à la sanglante bataille de Kunnersdorf (1759), livrée par 43,000 Prussiens à l'armée combinée Austro-Russe, forte de 70,000 hommes, s'exposer aux plus grands dangers pour ramener la victoire sous ses drapeaux, et ne se décider à une retraite, qui passe pour un chef-d'œuvre d'art, de présence d'esprit et d'*ordre* dans le *désordre* d'une défaite, qu'après avoir eu deux chevaux tués sous lui et ses habits percés de balles.

IX.

Je donnerais beaucoup trop d'étendue à cette étude sur le poème de Frédéric, si je voulais indiquer ici tous les passages de cette *poésie scientifique* qui sont en parfaite concordance avec les doctrines pratiques et les actions de ce grand capitaine, dans la conduite des guerres qu'il eut à soutenir. Sous sa forme poétique, il n'y a pas de plus parfait manuel de haut enseignement militaire.

Beaucoup de parties de ce célèbre ouvrage sont d'un style soutenu et sont remarquables surtout par l'éclat et la justesse des idées. On pourrait citer la description du palais de Mars dans le troisième chant; le tableau des ouvrages d'une place fortifiée dans le quatrième chant; les profondes réflexions du grand Frédéric sur les expéditions de Gustave-Adolphe, en Allemagne; l'éloge de Vauban; ceux du Grand-Électeur et de Montecuculli; le lamentable récit du sac et de l'embrasement de Magdebourg dont l'auteur de l'*Art de la guerre* a flétri la mémoire du général autrichien Tilli.

Les écrivains militaires ont souvent tracé le portrait d'un général d'armée. Celui que le grand Frédéric a placé dans son sixième chant est peint de main de maître. Il devrait être dans la mémoire de tous les hommes de guerre qui aspirent à la difficile et redoutable mission d'exercer un grand commandement.

Peu d'ouvrages contiennent autant de pensées justes et profondes et d'axiomes consacrés que ce poème. Ces aphorismes de guerre sont trop connus pour qu'il soit nécessaire de les citer. Le poète en a souvent resserré les termes et le sens dans un seul vers, comme cette maxime si fondamentale et si vraie :

> L'art de vaincre est perdu sans l'art de subsister ;

ou ce mot, devenu proverbe dans les armées :

> Croyez que rien n'est fait tant qu'il vous reste à faire (1) ;

ou cette sublime pensée, admirablement exprimée :

> Si vaincre est d'un héros, pardonner est d'un dieu.

Quelquefois, Frédéric rend son idée par une image ingénieuse et saisissante, comme dans ces vers, où, à part une expression qu'un goût sévère pourrait y reprendre, on trouve une comparaison qui rend avec une vérité admirable et le plus énergique coup de pinceau *(ut pictura, poesis)* le point de vue d'une ligne de frontières fortifiées :

> Tel que du double rang de ses dents *carnassières*
> Un lion rugissant présente avec fierté
> Le terrible appareil au Maure épouvanté :
> Tel d'un puissant État la frontière assurée,
> Bravant des ennemis la fureur conjurée
> Ralentit leur ardeur par ses puissants remparts.

---

(1) Lucain avait dit en parlant de César :

Nil actum reputans si quid superesset agendum.

On ne pourrait pas mieux peindre les effets de la parabole et de l'ex-
plosion terrible de la bombe que dans cette citation :

> L'airain vomit en l'air des globes infernaux,
> Qui, s'élevant aux cieux par une courbe immense,
> Redoublent en tombant de poids, de véhémence,
> Abiment les cités, s'envolent en éclats,
> Et de leur flanc cruel vomissent le trépas.

Et dans ses deux vers sur le tir à ricochet, ne trouve-t-on pas un
heureux emploi de la poésie imitative ?

> Dans son chemin couvert, l'ennemi, sans asile,
> *Cède aux bonds d'un boulet qui de côté l'enfile.*

X.

Lorsqu'au début de son poème, l'illustre auteur de l'*Art de la guerre*
invoque les Muses pour se conformer au vieux cérémonial de la cour
d'Apollon, il leur dit :

> Gouvernez de ma voix la sauvage rudesse ;
> Rendez d'un vieux soldat les chants mélodieux ;
> Accordez ma trompette au luth harmonieux.

Ce sont précisément ces accords de la trompette, non pas de la trompette qu'on embouche pour faire caracoler Pégase sur le Parnasse du

vulgaire des poètes, mais de la trompette qui sonne des fanfares et la charge à la tête des troupes, qu'il faut avoir entendus, auxquels il faut se plaire pour comprendre et apprécier la poésie du grand Frédéric.

Un pareil poème, composé par une tête couronnée, au milieu des plus grandes préoccupations de la politique et de la guerre, écrit en français par un allemand, et qui cependant, admiré des militaires, ne faiblit devant la critique des rhéteurs que par quelques défauts de style, est plus qu'un chef-d'œuvre :

C'est un phénomène.

FIN.